満州引き揚げ記

佐々木 寛 著

日本僑報社

終戦当時に撮影された、私たち家族の姿や満州の
風景を残した貴重な写真を本書に掲載した。

写真提供　佐々木寛

両親、著者、弟

この写真の弟は、長弟の征生。昭和16年に妹の恭子、17年に次弟の徹夫、21年に弟の知隆が生まれたが、兄弟全員が揃った写真は残念ながら現存していない。

幼児期の著者と弟

著者、両親、弟、近所の人々

錦州の風景（1）

錦州の風景（2）

錦州東関大馬路の一部

錦州警備隊司令部正門（北大営）

錦州大馬路街

錦州日本軍第20師団入城記念

目次

満州引揚げ記

終戦

八月十五日は暑い日だった。

僕は友人と終日飽かずB29のよぎる南満州の空を不安な面もちで眺めていた。

南満州の重工業地帯・本渓湖を爆撃に行く途中のB29の編隊は不気味な銀色を輝かせていた。

当時、国民学校（今の小学校）では、授業は殆どなく、木製の鉄砲をかつがされ、運動場を回された。

徹底した反米教育がなされ、鬼畜米英と教えこまれた。戦意を煽るため、運動会の玉入れの標的はル

木の鉄砲

ーズベルト大統領やチャーチル首相の顔であった。

その頃市内の映画館で「奴隷船」というのをやっていた。幕末に題材をとって、日本人が奴隷船に積み込まれ、アメリカ人の拷問を受けているシーンがあり、いつまでも脳裏に焼き付いて離れなかった。

そんなこんなで、日本が負けたとわかったその日、誰かの誕生祝いか何かで母がつくってくれた赤飯も不安でろくに喉を通らなかったほどであった。

いつ自分たちが、あの映画のようにアメリカ兵に

拉致され、酷使されるかということで、友達どうし肩を寄せあって、ああでもないこうでもないと一日中話し合った。

もちろん小学生であった自分たちには、戦争のいきさつや深い背景は何もわからなかった。ただ先生や大人のいうことを正しいと信じて疑わなかっただけである。

不安はアメリカ軍のことだけではなかった。

子供心にも、もし日本が戦争に負ければ、現地の満州人に復讐されると思っていた。

八月十五日前後の二・三日、毎日たくさんの満州人が、日本兵に監督されながら、つるはしやシャベルを持って郊外へ向かっていくのを見ている。

ソ連軍の戦車部隊の南下に備えて、市外に戦車壕を掘るために、現地人が酷使されていたわけである。

僕の住んでいた市は錦州といって、南満州の華北

への入口にあたる要衝の町であった。それだけ防衛に力を注がねばならない所であったのだろう。

終戦の勅語はラジオの雑音と聞き取りにくい音声で何を言っているかわからなかったが、まわりの大人たちの会話で了解した。

日本が負けたとわかったとき、先ず頭に浮かんだことは、これらの満州人がどういう行動をとるかということであった。

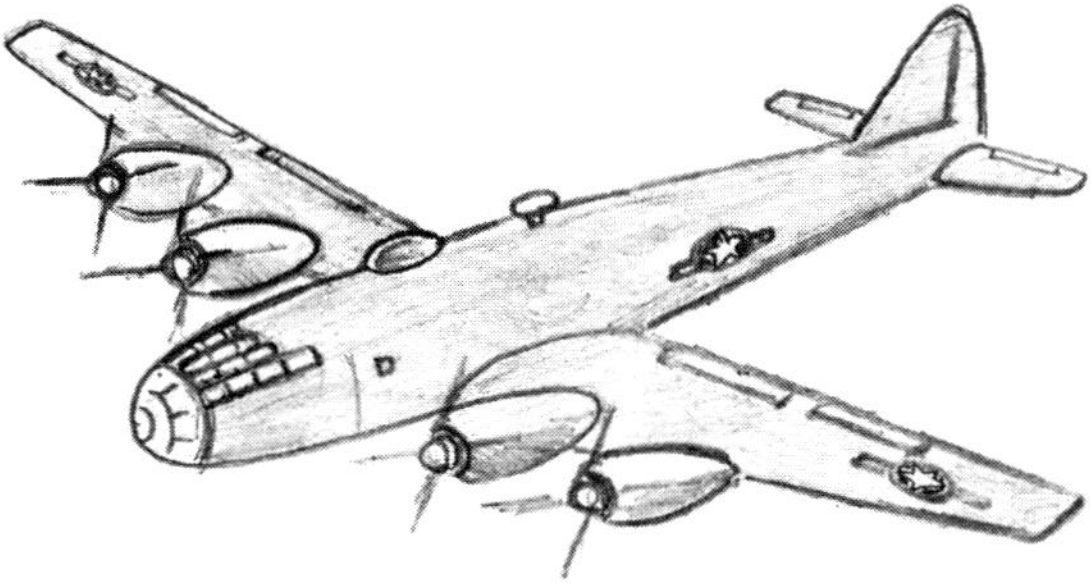

米空軍B29爆撃機

毎日、毎日が不安でたまらなかった。食料はしだいに底をついてきた。電灯もつかなくなった。夜は蝋燭をともし、主食は高粱に替わった。

物売りを始め日本人と接する満州人の態度は、日に日に横柄になっていた。

両親、著者、弟

そうしている間にソ連兵が進駐してきた。それとともに残留日本兵はトラックに載せられ、シベリアに連れていかれた。

道ばたでしゃがんで眺めていると、日本人の子どもとわかって、寄ってきて、お別れに乾パンを投げてくれた。

憲兵や特高、警察関係の人は逮捕され、その多くは処刑された。

いろいろな噂話が入ってきた。

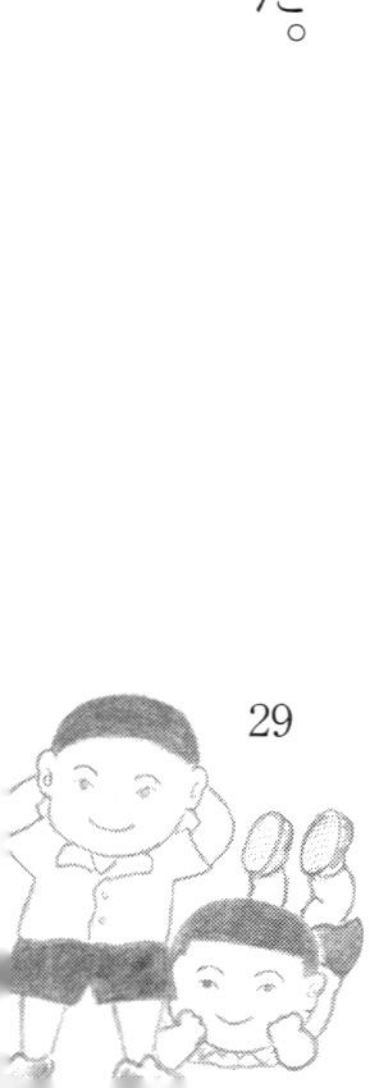

刑場への連行は荷馬車の荷台に罪名を大きく書かれた看板へくくられて運ばれたとか、銃殺刑で弾の外れた者は漬け物のおもし大の石で頭を砕かれたとか、いやな話ばかりであった。

暴動と略奪

市内の交番は次々破壊され、どこもガラスが散乱していた。市全体が無警察に近い状態になったわけである。

市内の刑務所が破られ、無数の満州人が街路にあふれで、いたるところで強盗を始めた。その際狙われたのは、先ず金持ちの日本人の邸宅であった。

僕たちの住む町と川を隔てて、向かい合わせに満州電業の営業所があったが、ここに暴徒が押し入り、正門で勇敢に防いでいた若い社員の殆どは殺されたと聞いた。

次に、川を隔てて斜向かいの公園の中にあるお寺がやられた。僕らがよく遊んだブランコや滑り台のある広い公園である。

遠くからしか見られなかったが、一万人もいるかと思われる無数の群衆が、そのお寺を囲み、首謀者らしき者が「イーアルサン（一、二、三……）」のかけ声を合図に、一斉に石や手頃な弾を目標物に投げた。

幼児期の著者と弟
(P39の写真を元にしたイラスト)

そして略奪が始まった。

その詳しい場面は遠方からなのでよくわからないが、略奪した物を背負った満州人が次々公園から出てくるので、およそどんなことが中で行われていたかは推察できる。布団を抱えて来る者、反物を持ってくる者、さまざまであった。その暴徒の群れを、ソ連軍の若い兵士が馬に乗って鞭で追い散らしていた。

嵐が去った翌朝、公園の略奪されたお寺の跡へ行

ってみると、驚くなかれ、それは跡形もなくなっていた。跡形もないとはオーバーな表現かもしれない。というのは、家屋の土台だけは残っていたからである。

しかしそれ以外は家の柱も床もタタミもすべてなくなっていた。めいめいとれる物は、たとい木切れであろうと持って行ったと思われる。

郊外の露天市場には、日本人からとった物品が並んでいたという。

日本人から奪ったキモノや反物が一斉に木にかけられ、垂れ下がって壮観だとも聞いた。

我々はこの市場を泥棒市場と呼んでいた。物干し場に布団などかけておくと、よく盗まれたが、その盗品を取りかえしたかったら、その市場に行けば、必ずあるものと聞かされた。

もともと市内には無数の遊民や浮浪者がいて、コソ泥は絶えなかった。

冬となると、よく栄養失調で道に行き倒れになっ

ているのを登校途中見たものだ。

また、日本の官憲によりよく浮浪者狩りが行われ、縄で数珠つなぎにされ、列をなして大通りを歩かされているのを見たものだ。

これらの人が終戦と同時に町に溢れたからたまったものではない。治安は最低となった。

今から思うと、これらの人は日本の植民地支配の犠牲者だったわけで、その報復を受けるのは当然のことであったわけであるが、子供であった自分には、そんなことは、まるっきりわからず、かれらをさげすんでみていた。

私たちの住宅は社宅であった。

父が満州日報という新聞社に勤めており、安東、新京、奉天とその任地を転々と歩き、

幼児期の著者と弟

終戦のときの最後の任地が、この錦州であった。

この新聞は、もちろん満州の独占資本・満鉄の傘下にあった会社で、この社宅は、おそらく、満鉄の社宅であったと思われる。

社宅の周囲は鉄条網で張り巡らし、自警団をつくって防衛したので、これらの暴徒から我々のところだけは被害を免れた。

そうではない孤立した日本人の民家は皆やられたという話であった。

ソ連兵の強盗

両親、著者、弟

満州人の暴動に次いで、我々日本人が恐怖したのは、ソ連兵による強盗であった。

心配されたアメリカ兵の上陸はなく、それによる恐怖は去ったが、変わってソ連兵の略奪が恐怖の的となった。

いろいろな噂が日本人の間に取り交わされた。女性は強姦されるというので、妙齢の女性はみな断髪し、戦闘帽と国民服というスタイルに変装した。

やがて、その噂が本当になり、わが家にも、三回

ソ連兵の強盗が押し入った。

はじめに来たのは、まるまる太った赤ら顔の兵士で、ウオッカを飲んできたと見え、機嫌が良くにこにこしながら入ってきた。

父が腕時計を渡すと喜んで握手し、ボストンバックを開けて、戦利品を誇示した。バッグの中は腕時計でざくざくであり、さらに右腕をまくったところ、手首から肩先まで腕時計がびっしり並んでいるのには驚いた。左腕もそうであった。

二回目に来たのは酔って青白い顔をして不機嫌そうで、父は何回か、張り倒された。

ソ連兵はだいたい金目の品を奪うとそれで満足なのだが、お付きの通訳の満州人がいろいろ入れ智恵をし、あれを持っていけ、これを持っていけと指図をする。

土足でタタミの上にづかづかと上がり込み、所かまわず唾を吐き、手で鼻をかみ、その鼻汁をまき散らすのが、先ずこの先導役の満州人であった。

三回目のソ連兵は、将校でかなり酔っていて、ピストルを実際にぶっ放したという知らせが急に入ってきて、慌てて取るものも取りあえず一斉に逃げ出した。

家に帰ってみると、押入れの中のキモノはひっくり返され、家中がかき回され、足の踏み場もないありさまであった。

わが家

国共内戦

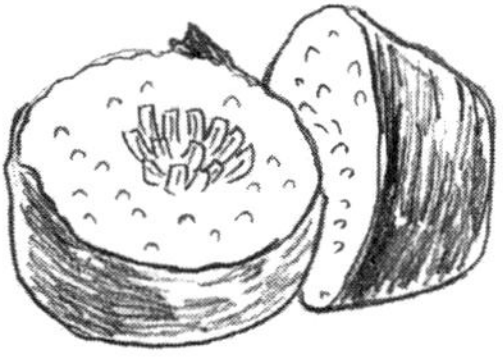

（上）戦時中の少女
（右下）高粱ごはん
（左下）芋ごはん

当時、中国軍は、国民党軍と共産党軍（八路軍と言われた）の内戦中で、市内で撃ち合いがあった。

市街戦のあと、兵が引き揚げると、家の前に死体が転がっていた。それをソ連の戦車が轢いていった。ズタズタになった死体を、日本人が片付け、家の前のどぶ川に捨てた。

国民党軍が一時、市内を占領した。

ソ連兵に次いで、この国民党兵士は劣悪で、日本人の民家を襲い、各家に上がりこみ、金目の物を虱

潰しに探して持っていった。

ある日本人の女性は宝石を髪の中に隠していたが、発見され、兵士に出さないで隠していたとしてその場で射殺された。

国民党兵士の宿舎に日本人の民家が強制的に接収された。みな我が家が接収されるのではないかと、恐れおののいた。

その内、うちの裏の日本人の家が接収に遭って、避難先に荷物を運ぶ際、間違えて国民党軍の物を持っていき、後でわかって隣家の主人は懲罰として物干し台に吊るされた。

そのうめき声が響き渡り、裏側のトイレには入れなかった。

　こうした間、糊口を得るため残っている家財道具を残らず売り払った。次に、満州人の裏長屋へ行って、とうもろこしのパンを仕入れて露天市場で売ることもした。すぐ下の弟と共に、朝早くから出掛け、

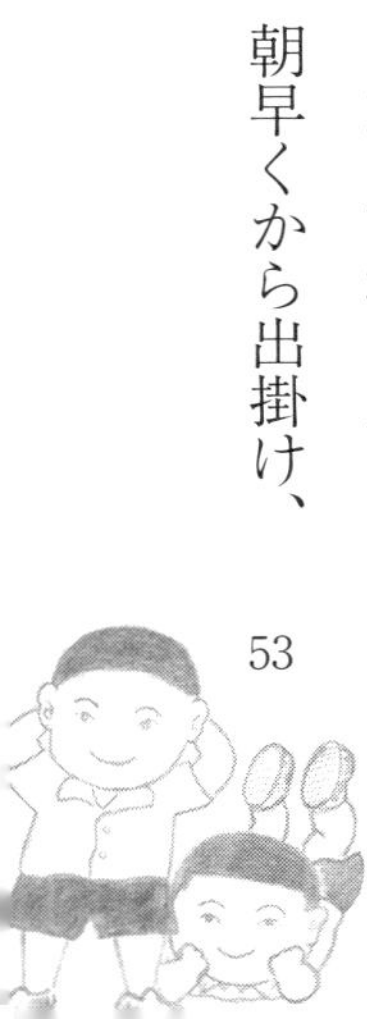

オンドルの上で出来上がるのを待った。

パンはロバに目隠しをして臼をひかせて作ったどろどろのものを、手で丸めて、大釜にたたきつけて焼く。

これを机の引き出しを臨時に加工して紐をつけて作った箱に入れ、冷めないように上から綿入れのおおいをかけ、栄養パンと銘打って雑踏で売るのである。

ロバ

オンドルの上で雑魚寝して待つ間、虱を移され、
日本に帰ってからもなかなかとれず悩まされた。

国共内戦　56

引き揚げ

引き揚げ船の来るまで、こうやって何とか売り食いして、その日その日を凌いだ。引き揚げたのは、終戦の翌年の三月であった。

めいめい頭陀袋を下げ、着の身着のままの汚いなりで、目抜き通りを行進し駅まで歩かされた。

著者、両親、弟、近所の人々

その姿はまるで、戦時中、満州人が数珠つなぎにされ、大道を歩かされた姿そのものであった。

錦州から葫蘆島までは無蓋貨車に乗せられ、すし詰めで横になることも出来なかった。

葫蘆島駅から港の仮収容所までは荒野を歩かされた。

国共内戦のさなか、戦火の合間をぬって歩いた。

母が重いリュックを背負い、両手に毛布を下げ、僕がまだ二才の弟をおぶり、すぐ下の弟が乳飲み子

の末の弟を背負って荒野をとぼとぼ歩いた。
引き揚げ船は第二興安丸という貨物船であった。
薄暗い船底に臨時の船室がつくられ、蚕のように狭い場所に押し込められた。
栄養失調で多くの人が船中で息を引き取った。
母の乳も出なくなって、末の弟の命も危うくなった。
何度もケープを外して、まだ大丈夫かと顔をのぞきこんだ。

満州の少女

死者は毛布にくるまれ、重石をつけて海中に沈められた。

その回りを船は汽笛をならし、何度も輪を描いて回った。

博多の港に着いたときは、別天地に来たような気持ちだった。

ちょうど、その頃の流行歌、並木路子の「りんごの歌」が港いっぱいに鳴り響き、我々を迎えてくれた。

今でもなつメロなどで、この歌を聴くと、引き揚げ当時をまざまざ思い出す。

著者 佐々木 寛（ささき ゆたか）

1937年、旧満州・安東市（現丹東市）に生まれる。

東京教育大学文学部大学院修士課程卒業。東京都立小岩高校教諭、都立上野高校教諭、都立足立西高校教頭、目白学園高校教諭、目白大学講師など歴任。

著書に『南からの世界史――北に覆われた南の浮き沈み』（文芸社、22世紀アート）、『手賀・印西を歩く：手賀沼印旛沼周辺の史跡めぐり』（崙書房）、『旧中国の軍隊と兵士』（日本僑報社）など。

イラスト 北川 義朗（きたがわ よしろう）

僑 Duan Press Since1996

満州引き揚げ記

2024年12月25日　初版第1刷発行
2025年 6月30日　　第2刷発行
著　者　佐々木寛（ささき ゆたか）
発行者　段　景子
発売所　日本僑報社
〒171-0021 東京都豊島区西池袋3-17-15
TEL03-5956-2808
info@duan.jp　http://jp.duan.jp
e-shop「Duan books」
https://duanbooks.myshopify.com/

Printed in Japan.　ISBN 978-4-86185-360-9　C0036